독도의 꿈, 두미도의 꿈

최우상문 시집

새미

첫 시집을 펴내면서

첫 시집을 세상에 내보내려 얼마나 기다렸던 세월을 보내왔는지 감사의 심정으로 위안 받고 싶습니다.

지난 가을 한강 시민공원 변에 도열하고 서있는 대왕참나무들이 침묵으로 나에게 쉴 의자를 내주며 행복과 사랑의 눈으로 가슴에 가득 채워가라, 지금도 그 자리에 웃고 서 있습니다.

통영 앞바다 외딴섬, 내 고향 두미도에서 육지로 불러내 공부시켜주신 상선 형님과 가족들에게 이 책을 공손히 바칩니다.

그리고 첫 시집에 귀중한 도움을 준 청랑 김민순 서양화가의 후원으로 시집을 더욱 빛낼 수 있어 감사드립니다.

2012년 3월
頭松, 최우상문 올림

목차

독도(獨島)

구름이 날다 지쳐 머물다 쉬어가고
고기떼 숨 가쁘면 두어 바퀴 머무는
독도의 우리 고기떼 어느 누가 간질이나
파도가 뺨 때림은 대한 건아 힘내라는 것

수천 년 치맛자락 서쪽 하늘 엄마 품속
그리운 밤별을 세며 동족혈흔 굳은 결의
36년 엿보았다고 이 몸 마저 정신도(挺身島)냐
검은 속내 무례함은 비웃음만 남을 뿐이다.

두미도(頭尾島)

무릎 꿇고 기도 한다

한 전우가 남아 지금까지
남쪽 바다를 지키고 있다
태평양 위병소 초병

안개꽃 피는 바다
군번 잃은 소년병의 철모
지금도 그 자리에서
누구의 명령을 기다리고 있다

넋이 되어 홀로 서 있다
수평선 같은 긴 얘기 나누자
나의 친구 두미도야.

중소기업인

손잡아 주는 이 없는 낙엽
절벽 위 까지 떠밀려와
탁 트인 바다 바라보며 앉아있다.
거센 파도가 난무하는 유희
갈매기 재촉에 다급한 어둠
석양에 쫓겨 고깃배에 숨고
잃어버린 소박한 꿈
움직일 수 없는 생각들
바다에 버리고
혼자 노저어가는 외로운 작은 기업인.

참아버님의 눈물

하늘의 뜻이 한 가닥 빛 타고 내려와
가족 찾아 헤맨다

극락조 행복도 천상에 맡겨놓고
민들레 홀씨로 흩어져 통일동산에 피었다

오동나무 속을 너희가 알고 있는가
호숫가 눈물 한 방울 커다란 파장 되어

지구촌 바다 너머 한 세기도 모자라
그 눈물 고이 모아 하늘에 상달된 지 오래
내 영혼 멍들어도 제발 민들레 밟지 마라

영겁토록 원리 말씀대로 살아가라
식구들 가슴에 채워도 채워줘도 부족한
뜨거운 피.

시한부

목숨은 양보가 없다
암이 웃으며 접근하기에
사랑채 살짝 내준 게 잘못
상념 곁에 머뭇거리다

잠자리 들면 불안해짐은
어둠의 시간들이 당당하다
피안의 저쪽 소생할 곳 있는가

통곡도 시한부란 죄명 벗기려
최후의 운명 앞에 조용히 기도 한다

스치는 시간 앞에 몸부림
참을 위한 어제와 오늘을
왔다 가는 것도 아름다움이다.

배움

3호선 안국역 6번 출구
아차산 보다 높은 계단에 오르면
복지회관은 고개 쭉 ~ 빼고
우리를 기다린다.

면접시험을 통과한 회원들이
한 숨 돌리는 출구에는
늙수레한 은행나무와 프라타나스가 손잡고
속삭이는 걸 목격할 때도 있다.

곁눈질 하다 들킨 바람은
못 본체 하는 미덕(美德)을 발휘하고
배움보다 고소한 커플사랑으로
하나 둘 단풍든다.

노을이 꽃처럼 피는 가을에
영원한 저 ~ 천국을 가기 위해

우리들은 백년 배움의 끝자락
열정은 빨갛게 타오른다.

낙엽의 얼굴

떠날 때는 가을비로 목욕하고
이별의 기억 미련 없이 버린다.

못 다한 말 해마다 시인에게
편지를 써 건네주고 떠난다.

기쁨과 눈물 한 둥지 담아
무겁게 무겁게 멀리 떠난다.

새파란 세상을 예약했다며
하얀 면사포 쓴 얼굴로 떠난다.

종착역

나란히 눈 맞춤
그리움의 동반자
불행과 욕심 싣고
화내듯 철길을 달린다.

지울 수 없는 후회
차창에 성에로 매달려
종착역 프렛트홈에 도착해
빈자리 채우며 출발을 또 기다린다.

제부도

갯바람이 심술궂게
질퍽한 신발을 붙들고
발자국을 지우라 소리친다.

석양은 온 마음을
붉게 태워 재로 만들어
시간을 멈추라 떼를 쓴다.

바닷물에 떠있는 그림자
썰물의 뒷모습처럼
주름진 얼굴만 어루만진다.

제부도의 빨간 날개를
힘겹게 펄럭이는 갈매기는
외딴섬 제부도 떠나고 있다.

홍콩거리

하늘에서 쏟아지는 별들
밤 항구를 수놓은 화물선
호객의 욕망이 경쟁한다.

비틀대는 향락의 삼색인종
*"침 사이 쵸이" 밤 풍경은
남대문 먹거리 시장을 닮았다.

* 침 사이 쵸이: 구룡반도의 쇼핑가.

나팔꽃

아침마다
쇳덩이 매단 무거운 눈꺼풀
늦가을에 석류 입술 터지듯
피로에 찌든 소녀

먼동이 텄네
찬물에 세수하고
오늘도 그대를 깨워야지
아직도 꿈속을 헤매일까

해가 어깨를 툭 치면
소녀는 미소로 화답 한다
새 하루가 다시 당도했으니
오늘도 기도로 시작한다고

철새

꿈을 채 가버린
봄, 여름 한 철
놀던 자리 끌어안은 가시덤불

가을, 겨울 둔덕의
포근히 보듬어 주고 사라진 추억

만남 뒤 헤어짐은
계절보다 앞서가는 고통

철없는 철새들.

꽁초

한때
저를 사랑 했잖아요
이젠
고이 재떨이로 보내 주세요.

처음
어루만져 준 관심
7분간의 키스 행복 했어요.
이 몸
불태워 다 바친 순정
언제나
짓밟힌 운명 앞에 잔혹한 최후

순간 소유였나요
그런 인격 싫어요.
당신을 믿습니다.
책임도 자유마저 당신의 몫

그러나
그러나

인성의 종착역은 금연(禁煙)이죠?

유산(1)

나는 G-20 써밋에 낀
마음의 세계 갑부입니다.
태어나 태평양을 물러 받은 섬놈 행운아

제주행 비행기가 매일 2회 인사 하고
흥정을 걸어오지만,
날 수 있는지 조종사가 잘 압니다.

태평양 약점을 전달해 줄 수 있는 유일한 소년.
바람에 화를 잘 내는 파도의 속마음
*동매섬 만한 파도와 싸우다
잠자리만 한 새끼 고기떼를 바위틈에 숨겨 젖을 먹여
키우는 인자함.
과거를 청정 남해바다 거울에 비쳐봅니다.

주체 못 할 유산 세계인에게 환원하려고 태평양 버리니

대서양, 인도양 젊은이들 그 비법 배우러
내 삼베바지에 매달려 다 찢어 놓았습니다.

---

* 동매섬: 두미도 대판리 앞 무인도.

내 고향 두미도

1. 두고 온 두미도야 언제 다시 만나려나
한해 두해 세월 가서 반백 년 갔네.
동백꽃 피고 지는 대 판리 절벽 위 집
꿈에라도 가고 싶은 내 형제 내 부모를

2. 통영 가는 저 구름아 두미도 가거들랑
순이 소식 전해다오 찾고 있다 말해다오
구전 리 뱃머리에 마중 나온 내 친구야
설운 사연 말 좀 하자 얼싸 안고 웃어보자

3. 파도치면 언제 올까 기다리는 동해호야
재 넘어 청석리에 두남국교 그립 구나
귀에 익은 파랑새가 우릴 반겨 조잘대는
그리우면 다시보자 내 고향 두미도야

풍물시장

지나온 발길을 잃고
포개 잠자는 신설동 뒷골목
매일 시집가라는
몇 옥타브로 성화 목소리

새벽에 일어나기 싫은 것은
젊은 시절 화려했던 40년 경쟁
못다 나눈 수다쟁이들 모여
만지다 또 발길 찾는다

주름 헤아리다 반기는 너털웃음
호수에 돌 던져버린 그 곳
추억이 굽이쳐 흐르는 풍물시장.

부도의 못

나를 떠받쳐 주던 은행이
신용보증기금과
납품업체까지
빙어 닮은 내 생(生)에
큰 못을 박는다.

처음에 불쾌할 정도지만
망치의 힘이 가해 질 때마다
공포감이 치솟는다.
쿵? 쿵!
이 몸 가슴깊이 처박아 마구 때리는 것
의사도 뽑지 못할
평생 아픔 동반하라 한다.

이웃 가까운 사람이 마음 벼르고
두 십년 짝이 된 납품업체 마음 돌리니
치료할 수 없는 부도 꼬리표 붙였다.

나팔꽃(2)

피곤 잃은 환한 얼굴
입이 찢어지게 소리치며 살아갑니다.

담 너머 얼굴 내밀고 기다림은
착각의 억보입니다

예쁜 입술로 오늘도 기다리는 하루는
그의 운명입니다.

우리믿음

우리 가족은 안다
미움도 없다는 것
못살아도 가난 아니란 걸

우리는 눈동자로 말 한다
추위도 움츠리지 않고
꿈은 꼭 이루어진다는 걸

우리는 눈빛으로 통 한다
서로의 믿음 봉오리에는
행복의 향기가 피고 있다는 걸.

사채업자(2)

변덕쟁이에 놀다간 잿빛 하늘
먹구름이 몰고 다닌 장마 하늘
기회 아닌 기습

많은 세월 그 마을까지
가지 말라 유언했다

후일 천국은행(天國銀行) 가면
천심(天心) 기본부터 배워라.

당신 위해

당신이 진정
중소기업인 이라면,
천리 길 따라 갈 종이 되리라

어떤 날 괴로워! 몹시 괴로운 날
뒹굴며 아파하는 바비큐
기도하며 조용한 촛불 지키리다

당신만의 유—모어, 위트
보따리에 행복한 수채화로
꿈꾸며 살아 가리요.

망향

달보고
송편 먹고
맘은 고향에

쪽 구름
가는 편에
문안 인사를

어머님
기다림은
밝은 달 속에

홀 어머님
자식들 위한
기도소리만 들리네.

600년 텃밭

4형제야
장안 텃밭에 다 모여라

삼각이 큰애는 왔어
도봉이 둘째
수락이 셋째와
불암이 막내는 오늘도 늦는가

인왕이 외갓집엔 갔느냐
시집간 *南이 동생은 잘 있느냐

600년 지켜온 너희들이 장하구나.
싸움질 않는 것 보니
이제는 장안에서 잠을 청 하리다

홍어 가지고 온 형제
천안 막걸리 타령에 흥

멸치 맛보이려 들고 온 세 짝
이젠 너희가 북풍 막아다오

연평 하늘 휘감는 바람
먹구름이 다시 춤을 춘다.

* 南이: 남산을 지칭.

섬, 처녀 총각

섬은
처녀 총각들의 감옥이다.

한 동네서 눈 맞으면
밀밭 두어 평 망쳐버린 씨름판

달 밝은 밤이 오면
온 동네 치맛자락 스치는 소리
수캐들의 삼각 감시 어둠속에 파묻힌 주책

오갈 때 없는 처녀 총각
피할 길 없는 섬사람

멋대로 팅 팅 부푼 처녀 가슴
애타는 총각들 은폐물 없으라!

아프리카(라고스 行)

내 시야에 쌓인
차곡차곡 모여든 검은 그림자
놀란, 영국 하늘에 밤별을 다시 불렀다

자신 있게 끼어든 백장미
히드로 공항에 향기 가득 퍼져
겁 없이 뛰어간 유령들의 손짓
먹구름이 비를 재촉한다

밀림의 왕국
철조망 너머 고향 그리워 한 희비
사파리의 운명 해가 웃고 달이 운다
대 평원 검은 나이지리아.

山寺의 하루

바람소리 물소리 조잘대는
한양소식 서산 해에 묻혀가네
풍경소리 벗 삼은 인생
메마른 눈물 훔쳐 임 마중 나갈려니
산사에 걸린 해는 제집인 양 암채구나.

목탁 소리 새소리에 새우잠 깨여보니
어둠 깔린 산사에는 불청객 찬 서리 와
가는 길 어디 메요, 언제쯤 하산이요
가슴 깊이 맺힌 아픔 고통 되어 쌓이는데
몸부림친 내 방구석 눈물로 얼룩진다.

형의 충고

괴로움은
한순간 이다.

당당하게 성문(城門)지켜 주거라
공 세운 관우가 조조에게 풀려나듯
젊음 있잖은가

눈가의 아픈 방울
머무를 시간 없어
일로 인정받는 건, *형의 바램

청평역 방앗간 찾아가
더 배고픈 북녘동포 도와줘라
어린 아이들 허기 채우라고.

* 형: 규봉학원 재단 이사장.

민들레 인생

구리 시청 앞 석조건물 입구
깨진 돌계단 틈 비집고
암컷 한 포기 야무진 말 건넨다

여기, 나의 집 마련하는데
겨우 30년
바람 덕(德) 보았다고
행복해 웃고 있다

부끄럽지 않은 과거
당당하게 모 없는 얼굴 들고
남모른 아픔
잔뿌리에 깊숙이 안고 살아간다

누군가 내 팔 꺾어 가고
다리까지 뽑아 가려 불안한 망설임에
기꺼이 양보하며 살아가는 천성

당당히 살아가라! 화답한다.

민들레 삶이여.

큰 형수님의 一生

1. 열세 살 어린 도련 장 며느리 지키려고
첫째, 둘째, 植이조카 내 자식도 몇몇인데
시집, 친정 줄 동생 탄식하며 키우셨죠
부모 대신 희생으로 태산의 맘 우리 형수.

2. 그 흔한 영화 구경 생애 한 번 못 가본 것
그 돈 모아 어디 쓰려 살 도려내 살아왔소
검소한 뒤 복 없으니 메말랐소, 눈물샘도
모진 엄동 광란 세월 떠밀어서 보냈나요.

3. 천지신명 무심하지 조상님도 고개 돌려
배부르게 쌀밥 한 끼 고심하다 하루 해만
열두 식구 날만 새면 돈타령에 피할 장사
영도다리 갈매기야 울지 말고 날아가라.

4. 植 이랑 의논 좋게 잘 사는 것 보고 가려
천신, 지신, 용왕님께 밤낮으로 빌었건만

가야 할 운명 앞에 거역할 장사 있소
모든 죄 품고 간다, 가슴 치며 눈 감는다.

주 찬양

나의 하루 기도는
정렬된 발바닥에 갇힌 신발창

자유로운 세 치 혀마저
입으로 에워 쌓여 철없이 놀아난다.

宇宙가 품은 해가 지고
달이 지배하는 밤의 하나님 만나

생각 끝에 무거운 짐 벗으려
주의 찬양 잊지 않겠나이다.

죄 주머니 감춘 채 영원토록~
주 찬양 하리이다.

3은 예수님의 숫자

성부, 성자, 성령이
교훈, 예언, 역사 담아
교황, 주교, 신부에게
가르치랴 전권 주셨다

사재, 사목, 교도의 짧은 권능
33세에 일기 3일만의 부활로
이 땅 영광 주셨으니

3으로 이루어진 이 모두는
거룩하신
주 예수님의 숫자입니다.
아~ 멘.

농부의 꿈속

텃밭에서 자란 무가
꿈속으로 안내한다

허리 자랑하는 항아리 육체
보이지 않는 곳은
하나님이 보낸 성령이라 전한다

지구를 떠받친 신비
반만 보여준 착각에
나머지 숨겨놓은 하나님 얼굴

가을이 영글어도 성령을 보지 못해
생명을 앗아간 뒤에야
저, 세상이 열린다고
어디론가 떠나 가셨다.

기도

종달새 두 마리
숲속에 숨어 꿈을 노래한다

어느 날 한 마리 록키산맥 중턱으로
힘든 둥지 찾아 날아가 버렸다

잠이 깬 한 마리
둥지 지키다 지켜 날개 털고 동서남북

넘쳐 흐르는 둥지 속 눈물
새벽이슬 씻지 못하고 영롱한 기도로

청운의 큰 꿈을 꾸는 기도소리가
온 산하를 흔들고 있다.

중소기업(대기업)

엄마 돼지 따라
철없이 야외로 간다

나랏님 잔치 상에
선택받은 새끼 돼지

17년 야외 구경
모두가 예정된 운명

등 뒤서 고통 주는 무법자
영문 모를 밀실의 웃음

그래도 새끼 돼지는
어미 돼지 믿고 산으로 소풍을 간다

가을 구름

아차산의 등고선을 지나는
가을 구름 진실을 꺼내본다

아무리 높이 오를 지라도
서녘에 부모님 얼굴이 걸려 있다

가지에 달린 단풍잎 사연들마다
발자국 소리 감추고 지나가고 있다.

어느 시인의 '꽁초'를 읽고
자연면전(自然面前)에 옷깃 여민 가을 구름.

녹음실

한 여름에도 서리 낀 마이크가
발바리 마음 위로하는 장춘 녹음실

전주곡이 호수에 배 띄우는 선착장
간주곡이 꼬리 물고 종종걸음으로
작곡 선생의 매서운 표정을 읽는다

난타 당한 돌에 맞는 벨소리
반환점의 만리장성 허물어지고
음치가수 잘려나간 소쩍새 음표.

미워도 했지만, 살아 있는 한
녹음실의 사랑은 그리움이다.

저 산은

도봉산 올라
수락산을 바라보니
빨리 날 보러 오라 손짓하고

수락산에 올라
불암산을 굽어보니
언제라도 오라 미소로 부른다.

불암산에 올라 삼각산을 슬쩍 보니
바쁘게 이곳 저산 오르는 것 좋으나
안 온다. 화내고 토라졌다

비오는 일요일 아파트 창가에서
웬 종일 빗소리
삼각산 질투
유리창에 아려 방방 뛴다.

두미도(頭尾島)(2)

우두커니
침묵한 바보
너를 두고 육지로 떠나왔다.

반세기 동안 끈질긴 싸움을 걸어온 갈바람
이웃, 큰집 남해도에 호소했다.

삼천포 연육교와 하동 대교로 양다리 걸쳐
순산하기를 바라보기 만 한 침묵 기도

송아지 울음 파도타고 온 지척 *미조항 똑바로 보기 미안해
멀리 보이는 항일암 노송 아래 삐죽 담 넘어 보았다.
유자로 돈이 걸린 남해도

사계절 시샘 발동하다
어릴 때 파도로 뭇매 맞은 충격으로

정신 못 차린 내 고향

깨어 일어나라 두미도야!

---

* 미조항: 두미도에서 제일 가까운 남해도의 항구.

두미도(頭尾島)(3)

섬은 혼자서 살아간다.

나이 속에 외로움을 배우고
고독으로 돌담 쌓아 버티고 있다.

행여,
누가 찾아오면 섬은 웃음 보이지만
마을 앞 무인도는 머리 뽑힌 맨들 바위
파도와 싸우다 뭇 세월 잊었다.

갈매기의 심판 경고 소리에
웃음 헤픈 파도가 배 잡고 뒤집어진다.
구경 즐기는 양지골 동백 귀부인 네
아스라이 출랑대는
어붓 배 외줄 거물
힘 빼는 남편 운명 잊은 채

길 건너 유치원 뛰어가는 엄마 심정
육지의 부산물 뒤돌아보지 않는

그 작은 섬.

바보 청년 이야기

소학년 때
하늘의 별을 다 새지 못하고
미뤄 오던 한글과 셈을 늦게 시작했다.

안방에 계신
홀 어머님 신발 나란히 못 챙겨준 체,
형제가 기다리는 부산항 뛰어나왔다.

처음 본 전차에게
뭐가 급해 외줄타고 가느냐.
답을 못 들은 그 청년

영도다리 아래
기구한 운명 바가지 뒤집어 쓴 채
돌아 가라 꼬집는다.

하늘 끝까지 못다 새고

별 찾아 달려온 바보 청년
아직도 지평선 끝 잡으려 달린다.

아픈 기억

적막을 깬 서해 이른 아침
외다리 부부 비둘기 한 쌍
하늘 계단을 힘들게 내려와
배고픔의 몸짓을 한다

밤하늘 잔별이 늘었다고
견우직녀 영원한 보금자리
세상 밝히려는 마음 전하기 전
남녘 하늘에 고자질 했다

유엔의 흔들리는 속셈
금강산 골짝을 맴돌고
아픈 백령도의 가슴에
불기둥으로 솟구친다

스스로 허물어져 가는
성난 파도의 몸부림은

아픈 기억의 울부짖음으로
메아리치는 소리 일뿐.

주문(注文) – 아내의 교육 방식

언제나 내게 시작(詩作) 충고를 한다.
오~랜 고심
일생을 노래한
무거운 생각들 토해보라, 비웃는다.

몰라도, 우주, 역사, 공해, 자연을 노래하라
또 맞은 뒤통수
남편 실력 무게를
아내는 저울질도 않은 체

진드기 주문으로 병든 파도 같다.
무지한 바 지기에 소여물 한 점.
뒷동산 오르내린 밤 낮 30년

아내의 시작(詩作) 교육방식.

형 섬의 손짓

욕지면 형 섬 천황봉보다
동생 두미리 천황봉이 1미터 높아
수천 년 마주보며 미안해한다.

태평양 향해 소리치고
보채다 지쳐 토라짐은
장난 끼 같은 응석이다.

이웃 형 봉은
아침이면 갈매기가 인사 오고
바람 안 불어와도 날개를 친다.

언제나
외롭다고
형은 손짓을 한다.

귀신들 세상 - 국제회의 섬

물귀신들 단골 쉼터
두미도 남구 부락의 현장
신사 모 쓴 영국 신사
옹달샘 손짓 하는 중국 처녀 귀신
동매섬 끝 아프리카서 달려온 도깨비 불장난
우중 절벽에서 들려오는 아기 귀신 울음소리
할미재 못 넘고 한 많은 여인의 단정한 소복
돌팔매로 동네사람들 한(恨)을 안긴 심술
참을성 없이 성질 급한 도토리 섬 총무 귀신
무단 점령한 끈질긴 놈들
그 섬엔 교회가 없다.

내 머리 다 빠진 연유.

앵무새

어제
오늘
내일도
눈물샘 다 마르도록 왜 우느냐

기쁜 날들은
웃음 배워 살거나

너만의 언어로 가슴 헤집는 외로움
통역이 잘못됐다고~.

빠삐용 삼촌의 교훈

태어나서
빠삐용 삼촌 딱 5번 만났다.

인간 새가 되어 53세 헤엄쳐 나온 기적
나는 13살 때 똑딱선 타고 섬을 탈출
더 배우고 가르침이 없어
성공의 방향 잃은 철새가 됐다.

삼베옷에 보리밥, 고구마, 옥수수, 쑥 떨이
바닷몰이 섬, 훈련소 지급품의 전부
모험은 "사나이의 몫"이라는 유언
끽 끽 갈매기 깃에 달아 보내왔다.

천황 봉에 올라
베트남 전쟁의 평정 보고서는
"진 것도 이긴 전쟁이라"고~

용기 보낸 삼촌께 외칠 것이다.

어머님

어머님 어디 계서요
어제 즐겨 드시던
밥상 위에 된장국
냄새만 남겨 놓고
한마디 말도 없이
어디로 가셨어요.

앙고라

키가 훤칠한 두식이란 친구
개구쟁이 짓의 특허품이다.

어깨 딱, 벌어진
앙고라 선수를 출전 시켰다.

호적 없는 국제결혼으로
무서운 빨강 눈의 토끼장

태어나 아직 술에 취한 눈동자
두식이는 지금도 알 수 없는 앙고라.

큰끼리 첫사랑

어스랑 대는 몸짓 가픈 콧소리
촐랑거리는 생쥐와 사랑을 한다

나무 위 원숭이 수놈
개구쟁이 짓이 발동한다

놀란 공룡도 바퀴벌레의 천기누설 죄로
다른 우주로 영원히 떠나버렸다

팔짱끼고 쑥덕대던 밀림 속 친구들
숫사자는 콧방귀로 응대한다.

오십(五十)고개

넘기 힘든
방축리 고개

꾸불꾸불한 *왕방산 자락
가족 메고 넘어 가야할 운명

내일 해가 보이지 않는 골짝
헛발로 순간 미끄러졌다

할 말 많아도 주워 담지 못할
잃어버린 나의 오십 고개

가로등 없는 빗속에
터벅터벅 넘고 있는 나그네.

---

* 왕방산: 경기도 포천에 소재한 산.

천사

꿈을 먹고 자라 거라
꿈을 꾸고 잠자 거라

네 눈에 비친 별은
천사가 보낸 엄마, 아빠

소록소록 잠을 자면
하늘나라서 온 선녀
고마워서 끄덕 끄덕

방긋 웃는 눈웃음에
달과 별이 춤을 춘다

해님도 천사에게 다가와
고운 손으로 보담아주면,
쑤욱~.

* 천사: 증손녀 윤서돌 祝詩.

고향의 달

보름달은
섬 사람들의 신(神)이다.

밤이 되면
임 만나게 해달라고
육지로 떠난 자식들의 무운 성공
창창대해 어부 남편 무사귀환 빌어

얼굴 비벼 며칠 후 조각난
고향의 초승달.

계명

주님 앞에
무릎 꿇기 전
온갖 죄 주렁주렁
달고 다녔다.

오십 년 지나
강북 순환도로
우측에서
기다렸다는 듯

성모 마리아께서
도덕의 인두로
내 썩은 가슴
꽉 지져 놓았다.

두 친구 이야기

새로 지은 나의 공장 사무실 준공식 때
몸집이 다른 벽시계 두 친구를 맞이했다
근무 장소를 좌, 우측 벽에 정해주고 경쟁 속에
제 얼굴 자랑하며 시간 약속 관리를 도맡았다
서로 시기 하면서도 미소 진 얼굴로 공존의 한 공간에
서 수없는 계절을 함께 했다

열일곱 살 되는 초가을 한 친구가 옆방 망치질에 놀라
기간 고장을 일으켰다
"주인님 저는 더 이상 시간 관리에 기력이 없습니다.
저를 그냥 이 방에서 쫓아내 주십시오."

마주 있는 한 친구는 내심, 혼자 사랑을 독차지 하겠
다는 설레임으로 지냈다
며칠 후, 마주친 달콤한 시간보다 나도 저 친구처럼
언제나 쓸모없이 버림받을
불안감이 교차했다

젊은 두 친구는 충성과 질투로서 생명을 걸고 앞 다투
더니
세월의 마술에 걸려
늙어간다는 사실을 까맣게 잊고 살아 왔다
용도 폐기된 체, 쓰레기장에서 우연히 만난 두 친구는
끌어안고
주인님과 회한의 추억들로 밤을 지샜다

그러나
두 친구의 밤은 너무 길고 춥다.

몽시(夢示)

바닷가 해석(海石)
꿈에 극락조 조련사로 천명(天命) 받은 날
그 날은 아무도 모른다.

뛰어오는 성화 축제의 날
말없이 고개 떨군 채 바라 볼 것이다
씻어 내리지 못한 미아리 갈 천에서
이유 없는 미움들
유성 되어 시인의 별까지 보듬어 내린다

미운 척 못한
둑 벤치에서 백일의 몸부림
우리는 우주 가운데 한 점의 미금
서로에게 남긴 한 마디

이젠, 끊어 버리자.

세월, 끄짓말

안 올 건가
생각해 본다고~

못 올 것 같아
체념 했다

아무도 기다려 주지 않는
넌, 조건 없는

세월이잖아.

어부가 충고한 고래

십오 년 만에 출어한 어부
경포 바닷가 찾았다

적송(赤松) 사이로 비집고 지나가는 바닷바람
내 뺨을 와락 때린 이유를 모르겠다.

그 옛날 어린 아들과
이 해변에서 적어온 시(時) 두 작품

불효자와 부도의 못
화를 내면 다 찢어버리는 동해의 속 좁은 밍크
멍석말이에 옹졸함이 보인다고
어부 직언에 놀란 공허,
바다에 던지고 조각배로 빈 하늘 보고 떠있다

천릿길 품고 간 뱃속에 생선들은
흔적 없이 서해로 들어가 버렸다

연안 거물에 걸려 몸부림친 오랜 시간들
어부에게 안겨줄 로또 한 장 품은
그 밍크 고래는 아직 죽지 않았다.

어머님은
밤새 *절간한 고구마를
먼동이 뜨면 바위 위에 말려
겨울 끼니로 양식을 준비하셨다

일하시는 곁에서 고구마 배 만들고
파도가 몰고 온 바람에 잠을 쫓아
육지와 세계를 뛰어 나갈 파란 꿈을
호롱불 밑 어머님 곁을 지키며 키웠다

외로움을 달래려고
가난까지 다 팔아버린 절벽 위 초가 한 채
해풍의 시위에도 사계절을 포옹한 섬
아프리카를 넘겨보다 파란 동백나무가 비웃었다

고구마로 만든 똑딱선 타고
육지로 탈출할 꿈을 키우면서

갈바람 즐기는 갈매기와 이야기하던
어머님 곁의 시간들이 춤을 추고 있다.

* 절간: 고구마를 썰어 바위에 건조한 것.

하나님의 마음(2)

웃음으로 내리신
밤새 하얀 선물

마음의 행복
살포시 쌓아 놓고 가셨네

아무도 모르게
그 선물 받으려 해도 잡히지 않네.

갈망(허탈)

하늘이여
소유를 다 빼앗기고도 왜 울지 않느냐

하늘이여
들꽃 강남에 차버리고 왜 찾지도 않느냐

하늘이여
네온 불 밑 헤매지 않게 용서해주시오.

갈등(1)

등나무 몸부림은
미운 정 얼싸안고 숨어 공생한다.

한 발치 도망가면
어김없이 붙잡아 돌려놓은
시간 속에 뿌리 깊은
인생의 나이.

갈등(2)

생각 않겠다고
다짐 해놓고
후회 부산물 모두
인연 끊을 각오다

봄을 배척하려 골짝에 남아
서성거리는 잔설(殘雪).

빗소리

어머님 부르기도 전
잘 있는가
건강은 괜찮은가

늙은 어미
지극정성 빌고 있네
부도 수습 잘 하게나
꼭 다시 일어나라

안부 인사도 끝나기 전
국제 통화료 많이 나오네
그만 들어가게

장모님
어머님
뚝! 뚝!

빗소리.

탈출구

*라고스 육군본부 옆
진종일 곁눈질 하는 호텔 19층
아열대 사자 한 마리 갇혀
밀림인데도 탈출구가 없다

대서양 흑해만 바라보고
낡은 화물선(古 貨物船)에 염원 띄운다
시간의 쳇바퀴 속 해결 못한 배고픔
잠자는 척 사자의 숨소리 들리는가

늪가 염불하는 악어마저
헛발로 시주 달라 눈 감은 듯 윙크해도
유일한 탈출구란 19층 창문

희망의 용기 죽지 않았다.

* 라고스: 나이지리아 수도.

2호선은

급할 것 없이
끝임 없이 돌아간다

한강 바람 부는 데로 목적지가 없는 방랑자
광고판에 일자리 전화는 다단계 명함이다
사 보고 팔아 보라는
들고양이 눈초리가 번쩍인다.
잘못 헛발 내디딘 높은 계단
추락한 지하 4층까지
수출회사 환율 계산인 양 모두들 답이 없다
계산기가 어지러워 액정판이 풀렸다

그래도 2호선은
눈치 없이 돌아다닌다.

말로(末路)

한바구니 남은 뼈다귀
다 울궈먹었소?

늦은 밤별들 증인 앞세워
등불 밝혀주십시오

가면 못 올 먼~ 그 길
어찌, 혼자 가려고요

숨소리 한 톨 되찾으시면
당신은 착한 기업인.

자금성

울어선 안 돼
눈물은 보이지 마라
한 순간 깨어진 꿈
누굴 원망해
죽(竹)의 장막 검은 하늘
혼자 걷는 어깨 위로
눈이 오다, 비가 내린다
가슴에 젖어든다.

품고 사는 진주 하나
눈 녹으면,
꽃이 피고 이름 모를 새 우는데
천리 만길 떠난 님은 해가 가도 기약 없다.
주야 장천 맺힌 한숨
서산에 해 기울어도
일 년 간다, 이 년 간다
내 꿈도 저~멀리 사라져 간다.

던져 버린 공

마음의 공 하나
무심코 던졌지요

받은 사람 되돌려 준다기에
눈인사 했지요

情까지 묻혀가 외롭지 않을 거라 했는데
영원한 맘으로 간직한다고

부메랑이 되어온 공.

기적

정성 부족의 탓
뿌리 깊은 큰 바위

무엇으로 깰까.
어떻게 움직일까.

보이지 않은 우주에 꽉 찬
은은하게 밀고 가는 종소리.

영양 부족

성남 공단 산(産)
모나미 족
볼펜 내장까지
다 빼먹고도
배고픈 시인(詩人)은
갈증 안고 살아간다.

술고래

20대 술은 조심스레 배웠다
막걸리로 배 채우다 보니
한말(斗) 쯤은 농주로 변해 들판 풍선 배에 숨는다

30대 술은 많이 못 마신 것,
일에 지쳐 마실 시간 놓쳤다
40대 별명, 멍청이 하나 이마빡에 붙이고 다녔다

알코올이 뱃속에서 3층 올라가 전령병이 발걸음 조사
한다.
　막걸리 위 소주로 2층집 짓고 양주 한 병으로 인테리
어 마감
　몇 년간의 이쪽의식, 저쪽방향에 책임분담 시킨다

육체 정돈 시켜 나란히 눕혀주는
사랑스런 돌고래 아내가
늦게 들어온 술고래 남편 하숙생 반겨주니

천장이 웃고 방문 닫아 혀를 찬다

미워도 미워 않는 아내는 백합 같은 천사.

의식의 카타르시스 그리고 고백

채수영(문학비평가)

1. 시를 깨우는 일

인간은 누구나 시적인 감수성을 가지고 있다. 아름다운 경치를 보면 정서의 감흥을 발동할 것이며 아름다운 노래에서는 흥을 불러오는 감수성이 가락으로 들썩이는 일은 결코 특별한 사람만이 느끼는 일이 아닐 것이기 때문이다. 요컨대 시적 분위기를 맞아들이는 정서에 관심을 갖는가 아닌가의 문제가 중요할 것이다. 결국 인간은 누구나 시를 쓸 수 있고 시를 사랑할 수 있는 ─집중으로의 관심이 더욱 중요할 것이다. 이를 일러 시를 깨우는 일 혹은 시와 친해지는 사람이라면 그가 쓴 시는 일단 평범의 수준을 상회하는 느낌으로 접근할 수 있을 것이다. 물론 시를 창조하는 일은 많은 습작의 시간을 지났을 때라야 비로소 어느 정도 시적 표현에 접근하는 느낌을 줄 수 있을 것이지만, 시는 단순한 마음의 고백이 아니라 시로서의 구비조건을 갖추는 일이 오랜 습작에서 비롯됨을 요구한다. 단순히 마음을 표백한다 해서 시가 되는 것은 아니라는 뜻이다. 시적 장치를 갖추는 일이 우선할 때 가치 있는 시의 얼굴이 나타날 것이기 때문이다.

청탁에 의해서 읽은 최우상문의 시는 일단 진솔하고 담백한 인상을 준다. 물론 시적 의장意匠에 한계를 느끼는 것도 사실이지만 정서의 일단을 카타르시스 함으로써 전달의 임무는 충분히 수행했기 때문이다. 고향 두미도의 회고와 추억이 앞장서고 종교적 기도가 시의 전반을 장악하면서 기업인의 아픔과 시련을 넘어온 흔적이 진솔하다. 이제 그런 정서의 흔적들을 대면하면서 최우상문의 마음으로 접근한다.

2. 의식의 갈래들

1) 두미도를 찾아가는 표정

인간은 그가 태어난 고향에 특별한 애착을 갖고 살아가면서 또 회고하고 추억의 이름 앞에 애절함을 나타내는 수구초심首丘初心의 정서가 누구에게나 보편적으로 나타

난다. 그 장소가 특별하거나 명승지가 아니라 하더라도
당사자에게는 추억과 회고의 정감이 뒤엉켜 중요한 것으
로 의식을 채울 때, 고향의 이미지는 화려한 잔상殘像을 남
기면서 특별한 이미지로 다가든다. 이는 삶의 가파름이거
나 행복했을 때의 여부를 불문하고 언제나 위안의 이름이
면서 내일에 충실한 에너지를 공급받는 요소로 작동되면
서 그리움의 이름과 함께하게 된다.

두미도는 '통영 앞바다 외딴섬, 내 고향 두미도에서 육
지로 불러내 공부시켜주신 상선형님과 가족들에게' 첫 시
집을 헌정하는 기록으로 볼 때 시의 중추적인 기능은 두미
도의 추억으로 채워진다. <고향의 달>, <두미도2~3>,
<망향>, <내 고향 두미도>, <두미도> 등 많은 시편으
로 시인의 의식을 채우고 있는 이유는 그만큼 시인과는 중
요한 삶의 에너지 충전의 장소로 각인刻印된 공간이라는
뜻이다.

무릎 꿇고 기도한다

한 전우가 남아 지금까지
남쪽 바다를 지키고 있다
태평양 위병소 초병
…(중략)…

넋이 되어 홀로 서 있다
수평선 같은 긴 얘기 나누자
나의 친구 두미도야.

<頭尾島>에서

작은 섬 두미도가 태평양을 지키는 위병소로 이미지화
되었다. 위병소는 부대를 지키는 입구의 중요성 때문에
항상 경계와 검문 등 막강한 임무가 부여된다면 두미도는
그런 위치로 비유되면서 시인의 가슴 중심에서 항상 살아
있는 공간으로 분류된다. 그러나 '넋이 되어 홀로 서 있다'
는 영혼의 숨소리와 홀로 고독을 감내하는 일은 육지와
떨어진 외로움이 섬을 지키는 의미와 사명을 자각하고 있
는 모습으로 결합하여 감동을 준다. 그만큼 최 시인에게
는 삶을 지탱하는 주요 인자因子이면서 생의 에너지를 충
전하는 공간으로의 역할을 의미하는 것 같다.

독도는 환금가치로 약 10억이라 한다. 서울의 작은 아파
트 한 채 값이지만 우리민족의 정신으로는 환가換價적인
의미를 넘어선다. 왜냐하면 조국이면서 민족 신체의 일부
라는 개념이 우선하기 때문이다. 일본의 야욕은 침탈의 역
사를 이어가려는 의도로 수시로 독도를 넘보는 지경이다.

구름이 날다 지쳐 머물다 쉬어가고

고기떼 숨 가쁘면 두어 바퀴 머무는
독도의 우리 고기떼 어느 누가 간질이나
파도가 뺨 때림은 대한 건아 힘 내라는 것

<독도>에서

독도 주변에는 대체 에너지가 무진장으로 매장되었다고 한다. 물론 화석연료의 고갈을 예상한 자원 야욕이라는 점에서 −그 가치는 민족의 정신의 소중함과 비교할 수 있을 때, 일본에 대해 증오의 마음을 앞세우는 우리의 이유가 된다. '검은 속내, 무례함'을 간파한 최우상문의 시적 의도는 비단 작은 바위섬을 넘어서는 민족사의 의지와 자존심에 닿고 있기 때문이다. 일본의 야욕을 상쇄할 수 있는 주장− 이승만은 일찍이 대마도를 우리 땅이라 주장했던 근거가 지금까지 이어졌더라면 하는, 아쉬움이 꼬리를 문다.

섬은 상징적인 의미를 갖는다. 왜냐하면 단독자의 모습일 뿐만 아니라 어떤 경우라도 누구의 조력을 받을 수 없는 절대고독의 진원지가 되기 때문이다.

섬은 혼자서 살아간다

나이 속에 외로움을 배우고
고독으로 돌담 쌓아 버티고 있다

<두미도.3>에서

'혼자'와 '외로움' 그리고 '버티고'의 시어로 볼 때, 섬이라는 공간적 특성을 나타내는 언어의 뉘앙스에서 두미도는 곧 시인 자신을 상징하는 이미지로 다가든다. 기실 인간은 누구나 섬과 같은 존재이기 때문이다. 혼자 모든 것을 해결하고 또 홀로 개척해야 하는 삶의 광장은 현대인의 특성을 상징하는 것으로도 충분하다. 인간은 궁극으로 혼자일 수밖에 없는 그런 존재이기 때문이다. 최 시인은 섬에서 자란 추억과 기억들을 엮어 회고조의 가락을 만들어 위안의 목록으로 삼고 있음은 다음 작품으로 설명된다.

두고 온 두미도야 언제 다시 만나려나
한해 두해 세월 가서 반백년 갔네
동백꽃 피고 지는 대판리 절벽 위 집
꿈에서라도 가고 싶은 내 형제 부모를

통영 가는 저 구름아 두미도 가거들랑
순이 소식 전해다오 찾고 있다 말해다오
구전리 뱃머리에 마중 나온 내 친구야
설운 사연 말 좀 하자 얼싸안고 웃어보자

3연 중 1, 2연의 내용은 두미도에서의 기억들이 윤나는 가락으로 노래가 된다. 두미도를 떠났고−떠났기 때문에 그리움의 추억과 사연을 보내는 아름다움의 근거가 유추

된다. 통영과 구전리 뱃머리 그리고 대판리 절벽 위의 집으로 포커스가 좁혀지면서 친구의 모습 또는 서러운 사연을 풀어보려는 의도— 동해호를 타고 들어가는 초등학교 두남국교의 기억이 윤기를 더하면서 오늘을 살고 있는 생에 애착을 피워내는 진원으로의 공간과 정서가 어울리는 이미지로 살아난다.

인간은 때로 과거 지향에서 오늘의 자화상을 만날 수 있다면 최 시인은 떠나온 고향에서의 추억이 육지의 삶에 고통과 아픔을 치유하는 역할을 공급받는 느낌을 준다.

보름달은
섬사람들의 신(神)이다

밤이 되면
임 만나게 해달라고
육지로 떠난 자식들의 무운 성공
창창대해 어부 남편 무사귀환 빌어

얼굴 비벼 며칠 후 조각난
고향의 초승달.

<고향의 달>

인간은 무언가 우월한 대상에게 매달리면서 구원의 메

시지를 보내는 일이 특히 고립된 섬에서는 더욱 절실할 것이다. 달은 하늘의 높이에서 모든 것을 내려다보는 우월성 때문에 시인은 달에 신이라는 명칭을 부여─사랑을 만나게 해달라는 소망과 객지로 나간 자식들의 성공을 기원하는 부모의 애틋한 마음을 보낼 뿐만 아니라 어부의 무사귀환을 염원하는 아내의 정성들이 달로 초점이 모아지기 때문에 신이라는 대상에게 기도를 보내게 된다. 이는 섬이라는 고립무원으로 떨어진 절실성에서 일치된 마음의 상태를 의미한다. 언제나 부르면 다가오는 육지와는 달리 아무도 구원의 메시지를 들어줄 수 없는 외로운 섬의 특성은 곧 고달픈 삶의 위안처로 언제나 친근하고 돌아가고 싶은 공간의 염원이 최우상문의 시적인 맥을 나타내는 이미지가 된다.

2) 기도하는 모습

종교의 유무를 불문하고 기도하는 모습은 언제나 경건敬虔하고 아름답다. 왜냐하면 마음을 하나로 모아서 목표에 집중하는 정신이기 때문에 근엄하고 때로는 존경스러운 모습이 되기 때문이다. 그러나 기도가 구복을 원하는 데서 세속적이거나 나만을 위하는 이기적일 때는 추하고 저속한 이름이 될 것이다. <하나님의 마음>을 위시해서

<기도>, <갈망>, <주 찬양>, <3은 예수의 숫자>, <농부의 꿈속> 등은 종교적인 근엄함이 내포된 시이다.

종교는 자기 정화의 방편이고 순수함에 소망을 담을 때 행복을 꿈꾸는 이름에 걸 맞는다면 최 시인은 지천명의 나이쯤에서 삶의 이름을 투영하는 정갈함이 특성화된다.

웃음으로 내리신
밤새 하얀 선물

마음의 행복
살포시 쌓아 놓고 가셨네

아무도 모르게
그 선물 받으려 해도 잡히지 않네.

<하나님의 마음>

God이라는 말을 우리나라에서 받아들일 때– '하나님'이 아니라 '하느님'이라야 한다. 하나님은 1이라는 숫자이고, 하느님은 '한' 즉 가장 크다의 의미를 고어古語에서는 분간한다. 가장 큰 것은 둘이 아니고 오로지 하나일 뿐– 아마도 유일신이라는 말을 번역하는데서 나온 뜻을 취택함일 것이다. 각설하고 기도는 신을 향한 대화이면서 자기 소망을 고하는 점에서 개인적이고 독백의 뜻을 갖게

된다. 왜냐하면 기도는 더불어 의식이 아니고 오로지 자기 개인이라는 한정에서 신과의 대화 목록이기 때문이다. 때문에 신은 자기만을 특별히 사랑 해주실 것은 믿는 것이면서 이런 소망은 언젠가 달성될 것을 확신하는 데서 가능성의 대화로 치부하려 한다. 결국 기도는 자기 삶에 위안이자 신념을 공고화하려는 뜻의 목록이 된다는 점이다. '마음의 행복/살포시 쌓아놓고 가셨네'는 실재의 상황이 아니고 그럴 것이라는 미래의 뜻이 응축凝縮된 순수한 소망의 개념이기 때문이다.

나의 하루 기도는
정렬된 발바닥에 갇힌 신발창
…(중략)…
생각 끝에 무거운 짐 벗으려
주의 찬양 잊지 않겠나이다

죄 주머니 감춘 채 영원토록~
주 찬양하리이다.

<주 찬양>에서

시인의 주된 기도는 '신발창'이라는 개념을 동원하여 낮음을 의미하는 것 같다. 가장 낮다는 것은 겸손이면서 삶을 원활하게 처리하는 자세일 것이라면 최 시인은 더욱

낮춤이 곧 신에게 다가가는 첩경이라는 자각을 앞세운다. 더구나 무거운 짐을 벗기 위한 겸손의 태도가 신에 이를 때 이런 믿음은 생활의 행복을 가져오는 이유로 설정된다. 그렇다면 신은 곧 집중의 뜻이라야 소망이 전달될 것을 확신하는 의도가 담겨진다. 자기가 갖고 있는 죄를 감춤이 없이 고함으로써 순수와 투명의 자기로 돌아가는 모습-짐을 지지 않고 살아가는 행복한 사람의 순박한 태도가 눈에 보이는 응답—그런 응답의 기대를 위해 기도의 집중은 날마다 지속되는 이유가 있을 것이다.

3) 생의 모습

살아있기 때문에 시를 쓰고 또 시와 대화를 나누는 의미의 생산이 가능해진다. 시는 살아있음을 확인하기 위한 방편이 되기도 하고 삶의 원활한 목표에 에너지를 공급하는 파이프라인이 될 수 있을 때, 시는 위력을 발휘하는 대상화가 된다면 시인은 이를 위해 신명神明을 다하는 태도가 진지해야만 한다. 인간은 살아있기 때문에 삶의 자세를 생각하고 또 삶의 진면목을 찾아가는 철학의 부피와 연결고리를 형성하면서 자기를 발견하려 하고 또 완성의 목표를 위해 진력盡力하려 한다. 의미 찾기는 때로 무의미에 닿기도 하고 무의미의 바닥에서 비로소 진정한 자기의 모습을 발견하는 길을 확보하기도 한다. 때문에 오로지 살아있음을 위한 길은 곧 목표의 정확도와 등식等式을 이룰 때, 명확한 자기 주도의 길은 인도자의 태도로 견지하게 된다. 방황하고 떠도는 일이 운명이고 이런 운명에서 빛을 찾아가는 길이 필요할 때 종교의 구원은 불, ―기도하고 인간과의 교섭관계를 넓히기 위해 진지한 태도가 빛으로 나와야 한다.

등나무 몸부림은
미운 정 얼싸안고 숨어 공생한다.

한 발치 도망가면
어김없이 붙잡아 돌려놓은
시간 속에 뿌리 깊은
인생의 나이.

<갈등>

갈등은 선택에서 나오는 소용돌이일 것이다. 왜냐하면 평탄하거나 조용한 공간에서 갈등의 혼란은 나오지 않기 때문이다. 물론 이성이 지배하는 나이쯤에서는 선택에의 혼란이 가중된다. 행동의 제약 그리고 삶의 길을 암중모색하려는 지점에서는 항상 흔들리는 바람의 역설을 만나기 때문이다. 나이 깊어질수록 이런 현상은 더욱 기승을

부리는 중심에 서야만 한다. 결코 도망갈 수 없는 인생을 대면하는 태도는 정면 승부하려는 태도와 회피하여 우회적인 선택을 취하는데 따라 다른 승리자의 이름이 따라온다. 인생의 야영에서 투쟁하는 영웅이거나 아니면 실패한다 해도 그것은 오명이 아니다. 전자는 영감에서 따라오는 성숙이 있고 후자에서는 비겁의 오명이 따라오기 때문이다. '도망가면' 갈 곳이 없는 인생 그것을 위해 오늘도 시간 속을 방황하는 인간의 길이 있을 뿐이다.

　　　할 말 많아도 주위 담지 못할
　　　잃어버린 나의 오십 고개

　　　가로등 없는 비속에
　　　터벅터벅 넘고 있는 나그네

<오십 고개>에서

공자가 말한 지천명의 나이는 하늘의 뜻을 알 만한 지혜의 성숙을 의미한다. 지혜란 혼란스러운 삶의 중심에서 선택의 옳음 혹은 해야 할 일을 아는 나이에 이르렀음을 뜻한다면 시인은 나이 오십에 이르러 가로등도 없는 어둠의 빗속에 쓸쓸한 나그네의 모습—터벅터벅 예리성曳履聲을 울리는 소리가 믿음을 준다. 스스로의 모습—자화상을 알고 가는 사람의 얼굴은 신념의 빛을 알고 있기 때문이

다. 이는 <민들레 인생>에서 확고한 모습으로 다가오는
이유를 들 수 있다.

> 부끄럽지 않은 과거
> 당당하게 모 없는 얼굴 들고
> 남모른 아픔
> 잔뿌리에 깊숙이 안고 살아간다

과거가 깨끗하면 현실 또한 투명할 것이고 이런 전제는
미래에 확신을 주는 삶의 방법이다. '부끄럽지 않은'이 주
는 뉘앙스는 시인의 생활이 고난과 슬픔의 길을 지나왔을
지라도 '당당하게 모 없는 얼굴을 들고'의 확신에 찬 자화
상과 대면하는 안도감이다. 물론 겉으로 드러난 표정이
밝다할지라도 그 내면은 슬픔의 질축임이 있음을 내면에
감추는 태도에서 지혜의 숨소리가 들리는 듯하다.

4) 마음 찾기 혹은 방황

마음은 어디 있는가? 그리고 그 마음은 어떤 모양으로
보이는가? 누구나 마음이 있지만 증명에서는 입을 다문
다. 왜냐하면 공기의 소재처럼 어디에 있는지 그리고 어
떤 모양인지를 말할 수 있는 사람은 없다는 이유이다. 그
러나 확실히 있음이라는 데 이론이 없을 것이다.

시인은 마음이 있기 때문에 대상을 바라보면서 대화하고 부탁하고 때로는 외면하는 자세로 주변을 떠돌고 있다. 시는 이런 발상의 상상 앞에 노출된 정서라야 한다.

나란히 눈 맞춤
그리움의 동반자
불행과 욕심 싣고
화내듯 철길을 달린다

지울 수 없는 후회
차창에 성에로 매달려
종착역 프렛트폼에 도착해
빈자리 채우며 출발을 또 기다린다

<종착역>

사노라면 온갖 시련이 다가오고 지나간다. 이 와중渦中을 건너는 발길은 항상 위험과 아픔 그리고 시련의 추위는 엄습한다. 인생은 종착역이 개념으로는 있을지라도 다시 시작하는 출발은 항상 재촉의 기적을 울린다. 때문에 영원한 나그네의 행로가 삶－'차창에 성에로 매달려'의 위험하고 처량한 존재일 뿐이다. 그러나 이런 초라함을 딛고 신념의 기차가 될 때라야 승리의 기회는 다가올 수 있다. 체념과 후회에는 추진력을 상실하기 때문이다. '빈자

리 채우며 출발을 또 기다린다'의 연속성이 곧 삶이고 운
명이라는 뜻이 된다. 최 시인의 삶은 이런 긍정의 태도에
서 자화상을 그려나가는 일이 성실한 것 같다.

>   떠날 때는 가을비로 목욕하고
>   이별의 기억 미련 없이 버린다
>
>   못 다한 말 해마다 시인에게
>   편지를 써 건네주고 떠난다
>
>   기쁨과 눈물 한 둥지 담아
>   무겁게 무겁게 멀리 떠난다
>
>   새파란 세상을 예약했다며
>   하얀 면사포 쓴 얼굴로 떠난다
>
> <낙엽의 얼굴>

　낙엽의 이미지는 곧 시인 자신을 암시하고 그런 운명의
길을 유추하게 된다. 다시 말해서 가을 길을 쓸쓸히 떠나
는 이미지와 겹치고 다가올 새파란 세상을 믿음으로 예약
하고 가야만 하는 길로 돌아서는 낙엽―인생도 그런 길이
반복될 때 이별과 만남의 교차는 삶의 주기로 만들어진
다. 다만 행복과 눈물의 교차가 있을 때 새로운 기다림은

내일에의 꿈으로 다리를 놓을 것을 믿고 사는 일이 시인의 길이자 운명이라는 개념을 건져 올린다.

5) 가족

가족은 사회단위의 최소집단이지만 여기서 생활의 모든 방편이 시작되고 또 이곳으로 모아드는 원형의 공간이 된다. 왜냐하면 태어난 그리고 체온을 가장 밀착시키는 피와 피의 흐름을 유연하게 하는 의미를 갖기 때문이다. 가족이 있는 사람과 그렇지 않는 사람의 성격은 차이가 있다고 한다. 집단에 유연성 그리고 독단적이기보다는 협동적인 사고의 형태가 사회생활을 부드럽게 하는 협조의 단련이 되어있기 때문이다. 그렇기에 가족은 곧 사회로의 출구를 갖는 반면 공동생활 훈련으로의 최소이자 최대의 의미를 갖는다. 또한 누구나 부모를 생각하고 형제자매에서 육친의 따스한 정을 나누면서 사회로 나가는 길을 연습하는 공간이 가정이고 가족의 의미이기 때문이다.

어머님은
밤새 절간한 고구마를
먼동이 뜨면 바위위에 말려
겨울 끼니로 양식을 준비하셨다
일하시는 곁에서 고구마 배 만들고

파도가 몰고 온 바람에 잠을 쫓아
육지와 세계를 뛰어 나갈 파란 꿈을
호롱불 밑 어머님 곁을 지키며 키웠다

<어머님 곁에서> 중

가난한 풍경이 오버 랩 된다. 호롱불 그리고 고구마를
썰어 끼니로 만드는 곁에서 놀이감으로 고구마로 배를 만
들어 시간을 보내는 정경은 아픔과 시련 그리고 가난한
시절의 모습일지라도 거기엔 어머니의 체온이 따스했고
아늑한 의지처로 회상된다. 가난 속에서 꿈이 심어졌고
미래로 연결되는 호롱불의 희미함은 곧 시인자신의 예감
을 상징하는 이미지로 작동된다. 돌아보면 가난조차 아름
다움으로 채색되는 것이 추억이고 어머니는 더욱 따스한
사람에서 그리움의 절절함이 되는 회상에는 어머니의 그
림자가 여전히 내 곁에 있음처럼 추상追想하는 시간조차
아름답다.

우리 가족은 안다
미움도 없다는 것
못살아도 가난이 아니란 걸

우리는 눈동자로 말한다
추위도 움츠리지 않고

꿈은 꼭 이루어진다는 걸

우리는 눈빛으로 통한다
서로의 믿음 봉오리에는
행복의 향기가 피고 있다는 걸.

<우리 믿음>

가족은 계산이 없고 믿음이 중요한 관건일 것이다. 추위도 함께이기에 방풍防風을 삼을 수 있고 가난조차도 돌아보면 행복의 진원이라는 것을 과거의 길에서는 알게 된다. 굳이 말로서가 아니라 눈과 눈-이심전심으로 모든 이야기가 전달되고 확인되는 셈이다. 가난 속에서 꿈을 이루기 위한 격려는 믿음이 탑이 곧 행복의 향기로 다가들 때 회상의 눈자위에는 아름다움으로 채색된 풍경화가 아름다움일 뿐이다 최 시인의 가족에 대한 회상은 나이 들어 돌아보아도 아득한 그리움으로 남는 풍경화이다. <가을 구름>, <망향>의 정서에는 돌아가 만나고 싶은 육친의 체온이 흐르고 있다.

6) 기업인의 애환

무언가 일을 하면 애로가 따른다. 이는 삶의 법칙이고 이를 타개하는 것이 곧 목적 실현의 첩경이라는 점에서 생의 목표와 같아지는 의미이다. 작은 사업을 하더라도 타개책에는 애로隘路가 다가들고 때로는 부도 등의 공포와 싸워야 하는 힘겨운 전장일 것이다. 확인할 수는 없지만 최 시인은 기업인의 애환을 몇 편의 작품에 토로하고 있다.

당신이 진정
중소기업인 이라면,
천리 길 따라 갈 종이 되리라

어떤 날 괴로워! 몹시 괴로운 날
뒹굴며 아파하는 바비큐
기도하며 조용한 촛불 지키리라

당신만의 유모어, 위트
보따리에 행복한 수채화로
꿈꾸며 살아 가리요

<당신 위해>

아마도 '당신'이라는 지칭은 중소기업인을 암시하는 것 같다. 먼 길을 가는 길에 종이 되는 고행이 있고 아파하는 시간의 등성이에서 촛불을 켜고 꿈과 행복을 달성하기 위해 진력을 다할 때 목적지에 이르는 고행은 결국 보상을

받는 종착지의 뜻으로 마감될 것이다. 인간의 모든 일은 애로를 극복하는 길에서 얻어지는 꿈의 결실이 있을 수 있기 때문이다. 땀과 노력이 없는 대가代價는 아무런 의미조차 가질 수 없다는 점에서 기업인의 애로는 결국 꿈과 같은 길을 만드는 요소―애로가 달성될 때 행복과 꿈이 있을 수 있기 때문이다.

그러나 기업의 세계는 약육강식이 통하는 살벌한 곳이다. 먹고 먹히는가 하면 약하면 쓰러지는 실패의 비극은 방심할 수없는 그런 살벌한 공간이다. 이겨야 하고 이길 수 있는 지혜를 발동할 수 있을 때까지 멈춤이 없어야 하는 장소이다. <사채업자2>나 <중소기업(대기업)>, <중소기업인> 등의 애환은 시인이 살아오면서 체험한 기록으로 보인다.

손잡아 주는 이 없는 낙엽
절벽 위 까지 떠밀려와
탁 트인 바다 바라보며 앉아있다
거센 파도가 난무하는 유희
갈매기 재촉에 다급한 어둠
석양에 쫓겨 고깃배에 숨고
잃어버린 소박한 꿈
움직일 수 없는 생각들
바다에 버리고

혼자 노저어가는 외로운 작은 기업인

<중소기업인>

침혹한 절체절명의 어둠에서도 절망을 거부하는 신념이 없다면 헤쳐 살아남기 어려운 전쟁터에서 고독은 어쩜 사치한 이름일지 모른다. 수시로 덮쳐오는 고난의 파도가 있기 때문이다. '낙엽'으로 상징되는 중소기업인의 운명은 파도 앞에 편주片舟이고 위험과 비극이 입을 벌리고 다가오는 상황을 극복하는 긴 시간의 싸움이기 때문이다. 그렇다면 대기업의 먹이사슬로 엮어진 관계는 공존의 이론이 있을 것인가? 시인은 대기업을 운영하는 사람을 '등 뒤에서 고통 주는 무법자'라면서 밀실의 웃음을 떠올리고 있다. 상생의 이름은 항상 주눅 든 처지로 외면하면서 살아남기 위한 싸움은 결국 인내로 넘어야 할 운명적인 산—그러나 '어미 돼지 믿고 산으로 소풍을 간다.'<중소기업(대기업)>처럼 대기업과 작은 기업의 관계를 철저히 부정하지 않는 '밀실의 웃음'에 해답을 숨겨놓고 있는 것 같다.

3. 언덕을 넘는 노래

시는 자기 운명을 노래로 부르는 사람의 가락이다. 거기엔 자화상이 들어 있을 수 있고 꿈과 사랑 그리고 오늘의 신산_{辛酸}한 노래를 예언의 촉수로 부르는 사람이다. 최우상문은 고향 두미도에 시적인 근거를 잇대고 삶의 가파름이나 행복 혹은 간난_{艱難}의 시련조차도 고향의 파도를 생각하면서 넘어가는 신념의 길이 보인다. 그의 일상은 기도가 바탕을 구성하면서 생활 자체가 종교적인 신심으로 무늬를 짜는 정서가 아름답다. 나이의 깊이에서 오는 추억의 소리에는 유연하고 고운 심성의 파도가 여유롭게 시의 촉수를 포장하는 이미지가 다양하다.

기업인의 애환이 삶의 동반자였고 무시로 다가온 고난조차 가락으로 바꾸는 최우상문의 시는 삶에 교훈을 주는 목소리로써 독자가 들어야 할 증거처럼 보인다.

독도의 꿈, 두미도의 꿈

초판 1쇄 인쇄일 | 2012년 5월 1일
초판 1쇄 발행일 | 2012년 5월 3일

지은이 | 최우상문
펴낸이 | 정진이
출판이사 | 김성달
편집이사 | 박지연
책임편집 | 이하나
본문편집 | 정유진 이원숙
디자인 | 장정옥 김현경 조수연
마케팅 | 정찬용
영업관리 | 김정훈 권준기 정용현 천수정
인쇄처 | 월드문화사
펴낸곳 | 새미
등록일 2005 03 14 제25100-2009-8호
서울시 강동구 성내동 447-11 현영빌딩 2층
Tel 442-4623 Fax 442-4625
www.kookhak.co.kr
kookhak2001@hanmail.net

ISBN | 978-89-5628-596-2 *03800
가격 | 10,000원